LA RÉUNION

DE LA

SAVOIE A LA FRANCE

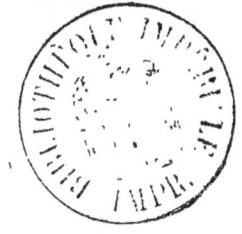

—

POËME

PAR VICTOR FAGUET.

POITIERS

HILLERET, LIBRAIRE-ÉDITEUR.

—

1861

LA RÉUNION DE LA SAVOIE A LA FRANCE.

—

Vim temperatam Dî quoque provehunt
In majus.

Hor. l. iii, ode iv.

Le merveilleux fluide, aimant, lumière ou flamme,
Qui semble, en l'inondant, verser au monde une âme,
Charge-t-il, dans les airs, d'orageux tourbillons,
L'éclair brille, la nue éclate, le tonnerre
  Tombe... on sent palpiter la terre,
On voit fondre les tours et fumer les sillons.

Mais, des rois et des dieux brisant la tyrannie,
Franklin rend-il la foudre esclave du génie,
Captive, elle offre aux arts un élément fécond :
Elle éclaire et guérit, ou, vivante courrière,
  Qu'un fil lui trace sa carrière,
De l'Europe à l'Afrique elle parle et répond.

Lorsque sur le fourneau la chaudière bouillonne,
Et comprime en ses flancs l'onde qu'elle emprisonne,
La vapeur indomptée assiége ces remparts ;
Puis, déchirant le fer en éclats de mitraille,
    Renverse machine et muraille,
Et lance au loin débris, cendre et membres épars.

Mais qu'on soumette au frein sa fougue meurtrière,
Elle obéit à l'homme, et, magique ouvrière,
Sait d'un labeur servile affranchir tout métier,
Tisse, forge, moissonne... et soudain gronde, fume,
    Rase la terre, fend l'écume,
Char ou vaisseau qui porte un peuple tout entier.

Ainsi, lorsque la force, orgueilleuse et sauvage,
Asservit l'univers qu'elle écrase et ravage,
Sous les noms triomphants de rois et d'empereurs,
Le monstre, las enfin du carnage qu'il sème,
    Tourne ses dents contre lui-même,
Et tombe consumé par ses propres fureurs.

Mais lorsque la puissance a pris le droit pour guide,
Et qu'ils s'arment unis du glaive et de l'égide,
Tous les sceptres contre eux ont en vain conjuré :
Comme aux rayons du jour, à leurs coups rien n'échappe,
    L'un marque le but, l'autre frappe...
Les despotes ont fui, le monde est rassuré.

Tels les Alpes ont vu les guerriers de la France !
Et l'écho, sous leurs pas, tressaillant d'espérance,
Chantait : Croisés de Dieu, fléau des oppresseurs,
Salut ! gloire aux héros que la justice inspire !
    Aux batailles du vieil empire
La victoire, en vos bras, va donner d'autres sœurs.

Et nos soldats volaient à leur sainte conquête :
Leur passage en tous lieux marquait un jour de fête ;
Sur leurs fronts mille mains faisaient pleuvoir des fleurs;
Marengo, Rivoli croyaient les reconnaître ;
    Les morts mêmes semblaient renaître,
Pour contempler leurs fils, l'aigle et les trois couleurs.

Les enfants cette fois étaient dignes des pères ;
Car, au réveil d'un peuple, à l'appel de nos frères,
Leurs drapeaux généreux se déployaient aux vents ;
Car, en suivant encor les rayons d'une idée,
    Leur valeur, par le ciel guidée,
Rappelait l'Italie au soleil des vivants.

De Dieu l'indépendance est la fille éternelle :
Aussi comme à leur marche elle prêtait une aile !
En menaçant l'Adige, ils délivrent l'Arno ;
Montebello les voit, Palestro les couronne,
    Leur gloire à Magenta moissonne,
Rajeunit Marignan, plane à Solferino.

De sa tombe, à leur voix, Rome, écartant la cendre,
Croyait que sur ses morts la vie allait descendre :
Le sol ému tremblait du Tibre à l'Apennin.
Venise, au bord des flots, se dressant pâle et sombre,
    De ses geôliers comptait le nombre,
Et promettait vengeance à l'ombre de Manin.

Quand leur départ trop prompt calmait l'effroi du monde,
De leur choc foudroyant la secousse profonde
Agitait le Vésuve et rallumait l'Etna :
Naples sentait frémir sa vassale indocile,
    Et des Vêpres de la Sicile,
Au beffroi de Palerme, enfin l'heure sonna !

Ainsi par notre sang la terre fécondée
Respire de la France et le souffle et l'idée,
Enfante des héros, fonde un peuple et des lois.
L'Italie une et reine est debout ! Son épée
    Brille aux mains qui de l'épopée
Effacent par leurs coups les fabuleux exploits.

En repassant les monts qui bénirent leurs armes,
Nos guerriers, accueillis par la joie et les larmes,
De leur pur dévoûment avaient reçu le prix :
« Hélas ! s'écriaient tous les fils de la Savoie,
    » Faut-il qu'un jour on vous revoie,
» Pour vous perdre à jamais, concitoyens chéris ?

» Quoi ! rendez-vous son sceptre à l'antique Hespérie ,
» Rendez-vous à son peuple une libre patrie ,
» L'aidez-vous à grandir sous un drapeau vainqueur,
» Pour trahir, en partant, notre espoir éphémère ,
    » Et nous priver seuls d'une mère ,
» Nous, Gaulois par le sang, plus Français par le cœur?

» O France, tu le sais, la Savoie est ta fille !
» Rouvre lui donc le sein de la grande famille ,
» Au foyer maternel fais place à tes enfants.
» Tous les temps ont mêlé notre âme et notre histoire,
    » Et , dans ta dernière victoire ,
» Tu nous as reconnus à nos coups triomphants.

» Lorsque par ta valeur la Sardaigne affranchie
» Voit des plus beaux fleurons sa couronne enrichie ,
» Du butin vainement tu dédaignes ta part :
» Son roi que tu vas faire héritier de six princes ,
    » Peut te rendre de tes provinces
» Celle qui de la Gaule est l'éternel rempart.

» Il entendra les vœux d'une race fidèle ;
» Car, au—delà des monts, il règne trop loin d'elle
» Pour la voir sous ses lois prospérer et fleurir ;
» Et c'est ainsi, guerriers, qu'en vengeant l'Italie,
    » Votre héroïsme qui s'oublie,
» Pour la France et pour nous aura su conquérir. »

De nos frères Victor signe la délivrance :
Quel triomphe inouï ! Quel honneur pour la France !
L'amour lui soumet seul un peuple belliqueux.
Le Nord frémit au loin ; mais ses cours alarmées
    Restent muettes, quoique armées :
Les faits sont accomplis, la peur vote avec eux.

Peut-être aussi les rois qui, par leur ligue infâme,
Trois contre un, d'un grand peuple avaient étouffé l'âme,
Et s'étaient du cadavre arraché les lambeaux,
Disaient-ils dans leurs cœurs : « Ces palmes sont plus justes
    » Que celles dont nos mains augustes
  » Cueillent la tige morte au cyprès des tombeaux. »

Mais lorsque devant nous l'Europe a dû se taire,
Berne, entre ses glaciers, a rugi solitaire,
Et semble d'une proie avoir flairé l'odeur ;
Car, fatal à nous seuls, le droit qui la protége,
    Pour elle est le doux privilége
D'exploiter notre deuil et nos jours de splendeur.

De nos débris sanglants déjà trop agrandie,
Nos vœux contre un voisin l'ont encore enhardie,
Quand ses clameurs naguère ont conquis Neuchâtel ;
Et, par reconnaissance, elle veut que nos braves
    Qui croyaient sauver des esclaves,
Aient vaincu pour la Suisse et pour Guillaume Tell.

Eh! lorsque entre eux et nous une race éplorée
Par les mains de la France eût été démembrée,
Qu'auraient fait de leur part ces oisifs conquérants?
N'ont-ils pas trop chez eux de la plèbe servile
    Que met à l'encan chaque ville,
Marché de sang, ouvert au profit des tyrans?

Fallait-il qu'à son tour la Savoie avilie
Attaquât dans leurs rangs son prince et l'Italie,
Dont elle partagea la gloire et le danger?
Fallait-il; quand son âme avec eux fraternise,
    Qu'aux fils de Rome ou de Venise
Elle rendît plus lourds les fers de l'étranger?

Ah! peuple libre et fier d'un antique héroïsme,
Suisse, qu'on voit partout valet du despotisme,
Et qui sers à prix d'or contre la liberté,
Le monde enfin comprend ton avare impudence :
    Un pays veut l'indépendance,
Tous combattent pour lui... seul tu l'as déserté !

Déjà pour te punir la Savoie indignée,
Au bienfait de tes lois loin d'être résignée,
Repoussa de ses bords un flot d'usurpateurs ;
En vain tu fis briller ton nom de république,
    Fille des rois, vierge pudique,
Elle est d'un prix trop haut pour tes vils recruteurs.

Tu comptes sur l'Anglais pour ravir ta victime;
Car de notre allié la haine est trop intime
Pour permettre à la France un rêve de grandeur;
Et tu l'as vu, jaloux d'un succès qui l'outrage,
    Contre nous déchaîner sa rage,
Et des clubs ameuter la cynique impudeur.

S'il applaudit d'abord à l'aigle de l'Empire,
Qui pour les nations contre les rois conspire,
Et d'impuissants débris veut faire un peuple fort;
C'est qu'un riche vassal naît pour son industrie,
    Ouvre un comptoir à sa patrie,
A ses marchands un temple, à ses vaisseaux un port.

Il se flattait surtout qu'infidèle à sa gloire,
Et d'un bienfait trop lourd soulageant sa mémoire,
L'Italie, au signal des trônes absolus,
Pourrait grossir un jour des hordes sanguinaires,
    Et, sous leurs tyrans mercenaires,
Enrôler contre nous un ennemi de plus.

Aussi qu'il était fier de voir notre folie
Verser l'or et le sang de la France affaiblie,
Et pour de vains lauriers vider ses arsenaux,
Puis, quand son front blessé garde une cicatrice,
    Souffrir qu'à sa main protectrice,
Qu'à ses pieds d'une chaîne on rivât les anneaux!

Mais à peine il comprend qu'une auguste pensée
N'a point voulu pour nous d'une gloire insensée,
Et que par nos exploits notre force a grandi :
Trompé dans ses calculs, il s'indigne, il s'irrite,
    Et jette un appel hypocrite
Du couchant à l'aurore et du nord au midi.

Vain espoir !... Il n'est plus l'heureux temps de ces ligues,
Où, vendant leurs sujets et de leur sang prodigues,
Leurs chefs pesaient sur nous pour les mieux abrutir.
La terre désormais t'embrasse, foi nouvelle,
    Que la France aux peuples révèle,
Et dont elle est partout l'apôtre et le martyr.

Vous serèz donc à nous, fils de la Gaule antique,
Et de vos bataillons l'avant-garde héroïque
Surveillera des rois la marche et les complots ;
Et, s'il venait encor battre notre frontière,
    Le torrent de l'Europe entière
Sur vos rocs briserait le courroux de ses flots.

Ou plutôt, aigle altier qui fond des pics sublimes,
Prévenant l'ennemi prêt à gravir vos cimes,
On vous verrait pour nous tonner aux premiers rangs ;
Puis, rendant aux vaincus l'oubli pour le ravage,
    La liberté pour l'esclavage,
Vous leur fériez crier aussi : Guerre aux tyrans !

Mais non , plus de combats , ou luttons de génie :
Du travail et des arts la victoire bénie
Prépare un doux triomphe à la fraternité :
Toute race est d'une autre ou la sœur ou la mère ,
    Et des héros la gloire amère
A trop fait jusqu'ici pleurer l'humanité.

Savoisiens , marchons dans une autre carrière !
La France , en s'éloignant de la lice guerrière,
Dans la paix vous convie à des exploits nouveaux :
Entre des cœurs amis si les Alpes se dressent ,
    Sous vos bras que leurs fronts s'abaissent ,
Et supprimez les monts par d'immortels travaux.

Creusons-nous des chemins dans les flancs des montagnes,
De France et d'Italie unissant les campagnes,
Relions le faisceau des grands peuples latins :
« Les Alpes ne sont plus ! diront—ils sous ces voûtes ,
    » Et l'amour, par ces sombres routes ,
» A vaincu la nature et forcé les destins. »

Et les nobles cités de la Seine et du Tibre,
Rome , longtemps esclave , et Lutèce , enfin libre,
De leurs fils confondant l'avenir et les vœux,
S'emprunteront encor leur sang et leur génie ,
    Et de leur féconde harmonie
Légueront les bienfaits à nos derniers neveux.

O toi dont les talents , la constance et les veilles
Ont au monde ébloui préparé ces merveilles ,
Brave et sage guerrier, plus grand législateur,
Tu l'as compris : la France, en sortant des tempêtes,
    Au flux et reflux des conquêtes
Craint d'exposer ces biens , sa gloire et leur auteur.

Oui , puisque de son sort, après Dieu , tu décides,
Souviens-toi que la force, en ses jeux homicides ,
Étonne l'univers et le subjugue un jour...
Mais qui fonde un empire , ou qui songe à l'étendre,
    A cet honneur ne doit prétendre
Que si, maître des cœurs , il règne par l'amour.

Si donc parfois ton âme , à l'aspect de ce fleuve
Qui roule une eau française où l'ennemi s'abreuve,
Pense aux peuples, ravis à leur berceau gaulois,
Ne blesse aucun orgueil : terrible dans la guerre ,
    Répète encor : Paix à la terre !
Et nos frères du nord regretteront nos lois.

Que le fer, dans tes mains, défriche et civilise,
Qu'il défende le Christ , et qu'il évangélise
Le musulman farouche et le fier mandarin :
Tes triomphes en Chine , et bientôt en Syrie ,
    Pourront à la Gaule attendrie
Rendre un jour sans combat tous ses enfants du Rhin.

Cet avenir console un pays qui les pleure ;
Mais pour nous et pour eux sache en avancer l'heure,
Par le couronnement que nous garde ta main :
Sans lui, ces vieux Français, plus libres sous leurs maîtres.
　　Au nom si beau de leurs ancêtres
Préfèreront celui de Belge ou de Germain.

La France attend comme eux : glorieuse et prospère,
Elle bénit ton nom ; mais le don qu'elle espère,
Est plus grand et plus doux, même que le bonheur.
Elle t'a prodigué, pour rompre d'autres chaînes,
　　Le sang le plus pur de ses veines :
Douter de nous, serait suspecter son honneur.

La Savoie elle-même, après des jours d'ivresse,
Sentant pour l'Italie un retour de tendresse,
Peut jeter vers les monts un regard attristé,
Comparer en silence, et se dire peut-être :
　　Lorsque en tes bras j'ai cru renaître,
France, en te retrouvant, je perds la liberté !

Mais cette liberté qu'avec nous elle implore,
Prince, n'est-ce pas toi qui, la pressant d'éclore,
De ses premiers rayons frappes ses ennemis ?
Tous l'osaient invoquer contre ta dictature :
　　Fais donc pâlir leur imposture,
A l'éclat du grand jour que tu nous as promis.

Oui , quoique des faux dieux les perfides ministres,
Quoique d'un passé mort les fantômes sinistres
Voudraient de tes faveurs s'armer pour t'en punir,
Que de la liberté la splendeur les accable !

    C'est aux ombres qu'est redoutable
Ce soleil qui se lève au ciel de l'avenir.

NOTES.

Page 10, vers 8.   Qui pour les nations contre les rois conspire.

Cette conspiration n'est point agressive. Elle se contente de défendre le droit contre la force ; et c'est ce qu'elle a fait en Crimée, en Italie, en Chine, en Syrie.

Page 13, vers 22.   ..... et bientôt en Syrie.

Malgré le départ de nos troupes , cette expression ne tardera peut-être pas à être justifiée.

P. 15, v. 1.   Oui, quoique des faux dieux les perfides ministres.

Ces perfides ministres ne sont point ceux du Christ, puisque l'auteur dit plus haut :

    Qu'il défende le Christ, et qu'il évangélise.

Ce sont tous les soutiens intéressés, tous les apôtres mercenaires de la superstition, du fanatisme, de l'intolérance ; et c'est dans ce sens que Béranger a dit :

    L'intolérance est fille des faux dieux.

Poitiers, Imprimerie de N. Bernard.